PLAIDOIRIE

PRONONCÉE A LA COUR ROYALE,

CHAMBRES RÉUNIES,

LE SAMEDI 8 MARS 1823,

DANS L'AFFAIRE DE *L'ÉTOILE*,

Par Mᵉ P.-J. CHARPENTIER Fils, Avocat.

SE TROUVE,

AU BUREAU DE *L'ÉTOILE*, RUE DE LA SOURDIÈRE, Nᵒ 29.

1823.

PLAIDOIRIE

COU
ROYAL
———
Audien
solennelle
samedi 8
1823.

POUR MM. les Rédacteurs et Editeur responsable du Journal *l'Étoile;*

CONTRE le Ministère public.

—————

MESSIEURS,

C'EST *l'Étoile* que je viens défendre aujourd'hui devant vous. *L'Etoile*, vous le savez, ce n'est pas une de ces feuilles, échos trop fidèles de toutes les sottises prétendues libérales ou de toutes les infamies révolutionnaires ; ce n'est

1

point un de ces journaux, pécheurs endurcis, dont les délits tant de fois réprimés, et répétés sans cesse, ont tout fatigué, jusqu'à votre sévérité.

C'est un journal de tout temps voué à la défense des bonnes doctrines, et que sa couleur bien connue, son respect bien connu aussi pour la religion, la morale, la monarchie et l'auguste personne du souverain, plutôt encore que l'opinion généralement répandue qu'il n'est que l'organe ou l'expression de la volonté ministérielle, auraient dû préserver du triste et honteux honneur, tant recherché par d'autres, d'un réquisitoire du ministère public, et de l'accusation qui amène ses éditeurs dans cette enceinte, jusque alors inconnue pour eux.

Mais pourquoi ce réquisitoire, cette accusation et cet appareil dirigés contre *l'Étoile?* Messieurs, il fut un temps : alors pesait sur la France un système funeste qui, seul, en trois années, causa plus de mal, peut-être, à la monarchie, que ne lui en avaient causé, pendant vingt-cinq ans, la révolution et Buonaparte, parce que, rêvant une monstrueuse alliance, on avait voulu faire adopter à la légitimité les principes de l'une, les actes de l'autre, et les hommes de tous deux. La censure, alors, s'exploitait au profit du libéralisme contre les défenseurs de la bonne cause; ses longs ciseaux, qui, certes, n'étaient pas ceux des Parques, impitoyables pour les écrits royalistes, devenaient doux et innocens pour les écrits du parti opposé. Alors aussi on voulut que la loi, indulgente aux écrivains libéraux, fût dure aux écrivains monarchiques. Les uns jouissaient en paix d'une scandaleuse impunité; les autres, poursuivis sans relâche, n'étaient qu'à grand peine absous par les cours et les tribunaux, devenus leur unique refuge. J'en trouve la preuve dans l'histoire des procès du temps, depuis cette fable ridicule, si elle n'eût été atroce, de la *conspiration* dite *royaliste*, jusqu'à cette déplorable affaire de Bergasse, qui, par le plus étrange renversement d'idées, nous fit voir sur le banc des criminels un vieillard qu'en vain semblait protéger un siècle d'une vie sans reproche, réduit à faire absoudre ses cheveux blancs de ce délit nouveau, d'avoir osé, dans un livre, parler, au 19e siècle, de vertu, de morale et de religion. Je la trouve encore, cette preuve, dans un discours qu'insérait au *Conservateur* un noble pair, aujourd'hui ministre du Roi, M. le vicomte de Châteaubriand.

Ce temps est passé; il ne reviendra plus.... Espérons-le, du moins..... Toutefois, ne saurait-on se défendre de quelques craintes en présence de certains souvenirs et de certains rapprochemens. Ces craintes, Messieurs, votre seule présence les a déjà suspendues. C'est à votre justice d'achever; et, nous n'en doutons pas, elle saura les dissiper entièrement. Assez long-temps la vertu ne reçut que des outrages, la fidélité n'essuya que des dégoûts, n'éprouva que des persécutions. Calmez de fâcheuses inquiétudes, faites cesser de tristes défiances, et ne souffrez pas que les ennemis du trône se réjouissent, comme d'un triomphe, du nouveau coup porté par une Cour royale à l'opinion royaliste, dans l'un de ses plus constans appuis, de ses plus ardens propagateurs.

Prêtez-moi cependant votre bienveillante attention.

Le rapport que vous venez d'entendre me dispense, Messieurs, de rentrer dans le détail des faits de la cause. Vous les connaissez maintenant.

Aussi, économe, et pour vous, dont les momens sont précieux, et pour mon client, qui compte tous ceux qui le séparent de son absolution, du temps que vous daignez m'accorder, je me bornerai à vous rappeler sommairement ceux de ces faits qui deviennent indispensables à l'intelligence de la discussion.

Traduite, au mois de décembre dernier, devant la police correctionnelle, à raison de l'insertion d'un article extrait de *l'Indicador*, journal espagnol (Il est bon de faire dès à présent remarquer que ce journal est un des plus modérés de ceux qui se publient à Madrid.), traduite, disons-nous, comme coupable d'offenses envers la personne du Roi et de plusieurs autres délits prévus par les lois du 17 mai 1819 et du 25 mars 1822, *l'Étoile*, en abandonnant à l'indignation des juges l'article inséré, avait présenté comme moyen de défense ou plutôt comme excuse son intention, évidemment bonne, et soutenu que cette intention devait éloigner d'elle jusqu'à l'ombre même d'un soupçon.

Les premiers juges, sans s'arrêter à cette excuse, et tout en reconnaissant la pureté de l'intention, ont consacré, dans leur jugement, ce principe, qu'en matière de délits de la presse, l'intention ne devait être ni appréciée ni considérée; que le fait matériel seul, abstraction faite de toute circonstance, constituait suffisamment le délit; et en conséquence, faisant à *l'Étoile* l'application des articles de loi cités dans le réquisitoire, ils ont condamné l'éditeur responsable à six mois de prison, à 500 fr. d'amende, et aux dépens.

C'est ce jugement du 31 décembre dernier que nous soumettons aujourd'hui à votre censure.

Mes cliens, Messieurs, n'ont pas à nier les faits qui, suivant l'accusation, forment le corps du prétendu délit qu'on leur impute, mais seulement les fausses conséquences qu'on voudrait en tirer contre eux.

Ces faits, ou plutôt ce fait unique, c'est, comme vous l'avez vu, l'insertion faite dans le Numéro

du 11 décembre 1822, d'un article textuelle-
ment traduit du journal espagnol *l'Indicador*.

Ce fait est avoué par nous, et constant au
procès.

Nous convenons aussi que l'article inséré est
une provocation directe au mépris des autorités
et des pouvoirs constitués, à la révolte, au
meurtre, à l'assassinat.

Voilà deux points importans sur lesquels nous
sommes d'accord, M. l'avocat général et moi,
et nous le serons aussi, j'espère, ici comme en
première instance, sur la pureté de nos intentions.

Notre profession de foi n'a pas changé; elle
est la même. Je disais alors, et je répète encore
aujourd'hui :

Amour et vénération pour la personne auguste du Monarque ; soumission, obéissance
aux autorités constituées ; respect profond pour
les magistrats et les tribunaux ; horreur pour
l'article inséré ; regrets même pour le fait de
l'insertion, si ce fut une faute, si cette faute
devint l'occasion d'un scandale :

Væ illi qui scandalum fecerit.

Mais, en revanche, indulgence pour nous : notre
intention fut bonne évidemment ; cette intention doit nous excuser.

C'est là, Messieurs, le seul point sur lequel nous

différions, le jugement de première instance et moi. C'est donc là le seul point à discuter :

« La question de savoir si, en matière de délits de la presse, on peut consulter l'intention, et si tel ou tel fait, indifférent en lui-même, est toujours et constamment un délit, abstraction faite et indépendamment de l'intention évidente reconnue bonne. »

Qu'il me soit permis de poser quelques principes.

Toutes nos actions, prises en elles-mêmes, et considérées d'une manière absolue, se divisent en actions bonnes et en actions mauvaises. Je n'ai pas dit, qu'on y prenne garde, en bonnes et mauvaises actions. L'un ne ressemble pas plus à l'autre, qu'homme mal honnête à malhonnête homme.

Ces actions sont donc ou bonnes ou mauvaises : bonnes, alors qu'elles amènent un bien commun ou privé ; mauvaises, s'il en résulte un mal général ou particulier.

Mais, pour qu'elles s'honorent du titre de vertu, pour qu'elles se flétrissent du nom de crime, le crime et la vertu n'existant pas absolument et indépendamment de tel rapport, de telle circonstance, de tel individu, il faut que ces actions, bonnes ou mauvaises, se modifient du concours relatif de tel objet, de telle circonstance, de telle personne, de tel intérêt, et surtout de telle ou telle intention. Voilà ce que disent la raison et la morale. Seulement, et pour l'honneur de l'humanité, on a senti le besoin d'accorder plus de latitude à la qualification des actes généreux, de restreindre davantage la qualification des actes criminels. Cette morale, d'accord avec la religion, toujours douce, toujours consolante, toujours ingénieuse à élever l'homme à ses propres yeux, et à l'enrichir même du bien qu'il n'a pas fait ; elle a voulu que si, d'une action quelconque, bonne en elle-même, résultait, sans dommage pour autrui, quelque avantage, quelque bien pour moi ou les miens ; si, par exemple, un homme a sauvé ma vie, ma liberté ou ma fortune, je n'eusse pas à lui demander compte de son intention. Les apparences extérieures doivent suffire. Aux yeux du monde, et vis-à-vis du prochain, la bonne intention se présume toujours. C'est là une idée à la fois grande et heureuse. Les bonnes actions ne sont pas si communes, d'ailleurs, que nous devions chercher à en diminuer encore le nombre. Par une suite nécessaire de ce calcul et du principe établi, la mauvaise intention au contraire, doit être formelle, expresse, évidente ; et là où cette mauvaise intention ne peut être, je ne dirai pas appréciée, sentie, mais saisie et démontrée, on ne saurait voir un acte criminel, un délit.

De là ce principe trivial : *animus crimen facit ; l'intention fait le crime.*

Toute action, même mauvaise en elle-même, si elle ne porte pas avec elle le dessein formel de nuire , *animum nocendi* , est innocente aux yeux de la morale , à plus forte raison aux yeux de la loi, basée sur la morale, et qui , plus positive , doit être moins rigoureuse qu'elle.

Voilà donc le principe général.

Il ne peut souffrir d'exception que par une dérogation formelle de la loi. Voyons si cette dérogation se rencontre ici , ou plutôt si le principe général ne nous est pas applicable.

J'ouvre les lois du 17 mai 1819 et du 25 mars 1822. J'y cherche les articles invoqués contre nous.

Loi du 17 mai 1819.

« Art. 1er. Quiconque, soit par des discours, des cris ou menaces proférés dans des lieux ou réunions publics, soit par des écrits, des imprimés, des dessins, des gravures, des peintures ou emblèmes vendus ou distribués, mis en vente ou exposés dans des lieux ou réunions publics, soit par des placards et affiches exposés aux regards du public, aura provoqué l'auteur ou les auteurs de toute action qualifiée crime ou délit, à la commettre, sera réputé complice, et puni comme tel.

« Art. 2. Quiconque aura, par l'un des moyens énoncés de l'art. 1er, provoqué à commettre un ou plusieurs crimes, sans que ladite provocation ait été suivie d'aucun effet, sera puni d'un emprisonnement qui ne pourra être de moins de trois mois, ni excéder cinq années, et d'une amende qui ne pourra être au-dessous de 5o fr., ni excéder 6,000 fr.

« Art. 5. Quiconque aura, par l'un des mêmes moyens, provoqué à commettre un ou plusieurs délits, sans que ladite provocation ait été suivie d'aucun effet, sera puni d'un emprisonnement de trois jours à deux années, ou d'une amende de 5o fr. à 4,000 fr., ou de l'une de ces deux peines seulement, selon les circonstances, sauf les cas dans lesquels la loi prononcerait une peine moins grave contre l'auteur même du délit, laquelle sera alors appliquée au provocateur.

« Art. 9. Quiconque, par l'un des moyens énoncés en l'art. 1er de la présente loi, se sera rendu coupable d'offenses envers la personne du roi, sera puni d'un emprisonnement qui ne pourra être au-dessous de 5oo fr., ni excéder 6,000 fr. Le coupable pourra, en outre, être interdit de tout ou partie des droits mentionnés en l'art. 42 du Code pénal, pendant un temps égal à celui de l'emprisonnement auquel il aura été condamné. Ce temps courra à compter du jour où le coupable aura subi sa peine. »

Loi du 25 mars 1822.

« Art. 10. Quiconque, par l'un des moyens énoncés en l'art. 1er de la loi du 17 mai 1819, aura cherché à troubler la paix publique, en excitant le mépris ou la haine des citoyens contre une ou plusieurs classes de personnes, sera puni des peines portées en l'article précédent. »

Et, Messieurs, qu'y a-t-il donc là qui nous soit applicable; qu'y a-t-il donc là qui dise qu'en pareille matière le délit existera toujours indépendamment de l'intention, même reconnue bonne ?

Vous voyez ce que la loi dispose; vous voyez ce qu'elle punit.

Voilà maintenant ce qu'on nous reproche. On nous accuse d'offenses envers la personne du Roi, d'attaques contre la dignité royale, de provocation à la haine ou au mépris du gouvernement, de provocation à des crimes et délits non suivie d'effets; enfin, d'outrages envers des fonctionnaires publics, à raison de leurs fonctions.

Nous, zélés défenseurs de toutes les institutions religieuses et monarchiques !

Je vois bien là une accusation... Mais où sont les preuves? où est le corps de délit?...

Avons-nous, missionnaires de crime, de mensonge et d'impiété, prêché de nos cent voix la révolte, le pillage, le mépris de la religion et des autorités.

Avons-nous, hardis et insensés novateurs, sapé chaque jour, et les autels de notre culte antique, et le trône de notre vieille monarchie?

Avons-nous insulté à toutes les gloires, à tous les souvenirs?

Avons-nous armé les peuples divisés entre eux ou révoltés contre leurs souverains?

Avons-nous mis le poignard aux mains d'un Sand ou d'un Louvel?

Avons-nous, enfin, justifié le régicide et souillé nos pages d'une montrueuse apologie?

Non; fidèles à notre glorieuse devise : *Dieu, le Roi, la France*, constans appuis des vrais principes, nous n'avons cessé de les défendre; nous ne cesserons de le faire encore, jusqu'à ce qu'on ait brisé cette plume vouée à la défense de la morale et de la monarchie.

- Quel est donc notre crime? L'insertion d'un article de *l'Indicador*...

Mais cette insertion en elle-même est un fait indifférent. Notre intention fut bonne. Qu'importe l'intention, nous a-t-on répondu? Qu'importe l'intention! Et cette intention seule peut constituer la criminalité d'un fait en lui-même indifférent; seule elle peut le modifier, l'excuser ou l'inculper, selon qu'elle est bonne ou mauvaise.

Où donc est, pour les délits de la presse, cette exception au principe?

Les lois sur la presse, songez-y, sont toutes de droit strict; on n'y peut rien ajouter. Donnez, si vous voulez, quelque extention aux lois de faveur; mais aux lois d'exception, jamais. . . . plutôt devrait-on les restreindre : *Favores ampliandi, odia restringenda* . . .

Certes, je n'entends pas ici faire le procès aux lois répressives de la presse.

On ne saurait contester aux gouvernemens le droit de régler l'usage de la liberté d'imprimer, non plusqu'on ne saurait leur contester le droit de régler l'usage du port d'armes, de surveiller le débit de telle ou telle drogue, de telle ou tel médicament.

Et Voltaire, ce patriarche de la philosophie moderne, car il faut des autorités pour tout le monde, et ceux qui n'osent voir ou penser d'après eux, ceux qui ne se contentent pas des simples lumières du bon sens et de la raison, il est bon de pouvoir leur ajouter : *Magister dixit.*

Voltaire donc n'a-t-il pas dit quelque part que, de tous les maux, le plus funeste, dans l'état de société, soit pour l'État lui-même, soit pour les citoyens, ce serait sans contredit l'abus de la presse; qu'il aimerait mieux, pour lui, vivre au milieu des Hurons ou des Topinambous, que sous un gouvernement qui autoriserait la liberté entière ou plutôt la licence du droit d'imprimer.

Je suis de l'avis de Voltaire. Oui, le gouvernement a le droit de faire des lois répressives, d'y spécifier des délits, de leur appliquer des peines.

Mais on ne peut suppléer aux dispositions non écrites de la loi.

Quand cette loi n'a créé aucune exception aux principes, il faut de toute nécessité les respecter. Quand elle ne punit que tel délit bien caractérisé, il ne faut pas se jeter dans le vague pour créer et punir des délits arbitraires;

D'autant que ce mot délit est par lui-même une idée complexe, exprimant une action mauvaise, accompagnée nécessairement d'une intention mauvaise aussi.

Sans intention pas de crime. C'est là un des principes fondamentaux sur lesquels repose le système de proportion des délits et des peines.

On nous a objecté, je le sais, en première instance, que pour certains cas, tels que ceux d'homicide involontaire ou de blessures graves, le législateur n'avait pas admis la non-intention comme excuse, et qu'il punissait le délit même en l'absence de l'intention.

Supposant qu'il y eût là exception au principe, au moins l'exception serait écrite; et, dans l'espèce, nous n'en voyons aucune.

Mais cette prétendue analogie ne serait-elle pas plutôt une arme à double tranchant? Ne pourrions-nous la retourner contre l'accusation avec plus d'avantage, peut-être, qu'elle ne s'en sert contre nous ?

Et en effet, loin de voir dans le cas invoqué une dérogation au principe établi qu'il n'y a pas de délit sans intention, j'y trouve, au contraire, ce principe consacré de la manière la plus formelle.

L'art. 319 du Code pénal est précis ; il parle d'homicide ou blessures involontaires. L'intention est absente. Ce qui, dans les termes de l'art. 295 et avec la circonstance aggravante de l'intention, constituait un crime capital, a perdu, avec cette circonstance, son caractère de gravité. Ce n'est plus qu'un délit.

Que l'intention soit manifeste, la mort du coupable peut seule satisfaire la loi et la société outragées. Qu'elle disparaisse, au contraire, le glaive n'arme plus le bras de la justice ; elle se contente d'une peine légère appliquée à votre imprudence, plutôt qu'au fait qui en est le résultat.

La loi a donc reconnu le principe ; il faut qu'il y ait une intention mauvaise ; et, dans l'espèce, non-seulement on ne rencontre pas cette intention, nous prouvons encore l'intention contraire. On se plaît à le reconnaître avec nous ; on rend justice à notre bonne foi.

En première instance, Messieurs, à côté de nous se trouvait un coaccusé, avec lequel nous n'avions aucune solidarité d'opinion ou d'inté-

2

rêts, et par conséquent aucune communauté de défense. Il a bien senti que l'intention appréciée serait de quelque poids dans la balance de la justice. Content de sa condamnation, il n'est point aujourd'hui devant vous, et nous y sommes, nous, pour protester contre une décision qui eût pu laisser quelques doutes sur la pureté de nos intentions.

Mais, nous a-t-on dit encore, pourquoi cet article n'a-t-il été précédé d'aucune explication, suivi d'aucun commentaire? pourquoi n'a-t-on pas mis l'antidote à côté du poison.

Et mais, ce commentaire n'était-il pas dans tous les numéros qui ont précédé ou suivi celui du 11 décembre; dans une petite note insérée dans le journal même? L'antidote, ne le trouvait-on pas dans la couleur bien connue du journal, dans l'opinion de ses lecteurs habituels, dans l'article lui-même? Ah! Messieurs, de pareils poisons ne sont pas dangereux.....
Qu'un imprudent se laisse séduire aux apparences, et prenne, dans un breuvage adroitement préparé, un poison qu'il ne soupçonne pas.... la liqueur est douce et trompeuse; les bords du vase sont couverts de miel... Mais ici le calice est amer et sanglant; la force du poison le trahit... il brule les lèvres dont il approche, et la coupe funeste est rejetée au loin...

Qu'on se reporte, d'ailleurs, à l'époque de l'insertion, et qu'on la juge, non comme isolée, mais avec toutes les circonstances qui doivent la modifier. . . Il faudra nous absoudre. . .

C'était au retour de Vérone... confident des résolutions prises au congrès, un noble pair, chargé d'y représenter la France, rapportait à son maître les décisions de ses augustes alliés... Il revenait avec des paroles de guerre; il était ministre alors... Il l'était encore avant qu'on nous ponrsuivît. Ah! s'il nous était permis de tout dire.... Mais achevons, et n'oublions pas de justes convenances.

Je n'ai plus qu'un mot à dire, Messieurs; des doutes ont pu vous rester, sinon sur nos intentions, du moins sur la nécessité de les expliquer. Cette explication même était inutile. J'ai dit que l'article suffisait et parlait mieux contre lui que le plus éloquent commentaire. Vous en jugerez.

J'eusse voulu que de pareilles horreurs ne sortissent pas de ma bouche pour souiller cette auguste enceinte.

Mais l'interêt de la défense m'en fait une loi impérieuse. J'y obéis, quoique à regret.

Le voici, Messieurs, cet article qu'on croirait une page arrachée à l'une de ces feuilles démagogiques que publiaient, au temps de la terreur, les Hébert, les Duchesne et les Marat.

Ecoutez.

Madrid, 27 novembre.

« Nous avons vu des personnes nouvellement arrivées de Bayonne, et toutes sont d'accord sur ce que le gouvernement français a redoublé d'activité dans la guerre sourde qu'il nous fait, et qui, suivant nous, est cent fois pire que l'invasion armée. D'ailleurs mille obstacles, tous plus insurmontables les uns que les autres, s'y opposent; mais le système perfide de la séduction des fournisseurs d'armes, d'argent, de munitions et de vêtemens, est d'autant plus terrible, que nous sommes plus éloignés des représailles, dont nous devrions déjà avoir usé il y a plusieurs mois. Nous ne croyons pas qu'on puisse éviter les funestes résultats de cette guerre impie, sans exciter la France à sortir d'une léthargie qui la déshonore, et qui, si elle continue, l'excluera du nombre des nations amies de la liberté. Les humiliations de toute espèce que le peuple français souffre en ce jour sont incompatibles avec les idées que l'on a dans toute l'Europe sur l'honneur; de même que ses éphémères joies pour certains triomphes de peu de durée manifestent certaine petitesse d'esprit qui ne fraternise pas bien avec le vrai libéralisme. A quoi sert que Lafayette ait été choisi par un département, si ce même homme, ancien athlète de la liberté, ne peut élever la voix pour la défense de son idole, sans être suffoqué par les cris d'un parti vendu au pouvoir? De quel avantage est la réputation d'un Benjamin Constant, s'il se voit aujourd'hui obligé de souffrir l'humiliation d'être sur le banc des criminels, prêt à perdre sa liberté pour avoir voulu défendre son honneur, outragé par un de ces espions revêtus de la robe, qui déshonorent aujourd'hui la magistrature française?

On nous dit que la jeunesse de Paris pense fort bien, et nous la voyons reculer à la vue d'un gendarme; on parle des progrès du carbonarisme, et l'assassin de Berton n'a reçu qu'une légère blessure ; on conte des prodiges de l'affection qu'on a pour le jeune Napoléon, et les régimens français reçoivent pour colonels les pimpans les plus pétulans de l'ultracisme... Non, les Français ne veulent pas être libres ! La faction qui les humilie, qui les couvre d'ignominie, qui les attache au char de Louis XVIII, est la lie de la société européenne ; c'est une planète étrangère dans la patrie des Fénélon et des Montesquieu ; c'est, enfin, un monument en ruine des temps gothiques. D'un souffle on la peut détruire ; et tous les hommes illustres des nations étrangères prêteront leurs secours pour une entreprise dans laquelle la civilisation est intéressée.

(Indicateur du 27 novembre 1822.)

Eh ! bien, Messieurs, vous l'avez entendu, et, comme nous, vous avez frémi de mépris, de pitié, et d'indignation.

Ah ! Qu'on ne nous demande plus maintenant à quelle opinion, à quelle classe de lecteurs nous nous adressions... Malgré les nuances qui nous divisent, nous sommes tous Français ; tous, nous détestons la lâcheté insultant à la fidélité malheureuse ; tous, nous avons l'assassinat en horreur.

Qu'on ne nous demande pas non plus un commentaire. En était-il donc besoin? quand ce citoyen romain voulut faire déclarer la guerre aux barbares, Prononça-t-il un long discours ? non : il se fit voir dans le sénat, horriblement mutilé, et la guerre fut votée par acclamation.

Quand il s'agissait de l'honneur du pays, Messieurs, le sénat romain n'avait pas de côté gauche.

Nous aussi, nous voulions la guerre; nous la voulions dès lors pour que la lutte fût moins longue et moins sanglante; nous la voulions pour sauver la généreuse nation espagnole des fureurs de ses jacobins, de ses descamisados; nous la voulions pour arracher un Bourbon encore à l'échafaud, que leur sang finirait par ennoblir...

Il nous paraissait bien qu'en expiation d'une longue révolution, la France allât détruire chez un peuple ami la révolution qu'elle lui avait envoyée.

La guerre nous semblait juste, nécessaire, pressante. Nous disions chaque jour : *Demain, peut-être, il sera trop tard... Les révolutionnaires n'attendent pas...* ILS AVANCENT; ILS ARRIVENT... Voyez ce qu'ils font; écoutez ce qu'ils disent. Et nous avons inséré...

A CARTHAGE! voilà le sens de notre insertion; et de tous ceux qui nous ont lu, de tous ceux qui nous entendent, il n'en est pas un seul qui ne nous ait bien compris; pas un seul qui, s'il est bon Français, ne nous ait, du fond du cœur, répondu : A CARTHAGE, DONC! A CARTHAGE!

IMPRIMERIE DE GUIRAUDET, RUE SAINT-HONORÉ, N° 315.

www.ingramcontent.com/pod-product-compliance
Ingram Content Group UK Ltd.
Pitfield, Milton Keynes, MK11 3LW, UK
UKHW020147080726
13614UKWH00005B/2453